Y

Ye

PARAPHRASE

SVR

LA PROSE

DES DEFFVNCTS

Dies iræ &c.

Par M. P. Hebert Curé de
Nainville en Gastinois.

A BEAVVAIS.

 Chez ESTIENNE VALLET, proche Saint
Barthelemy.

M. DC. LXXII.

A Mr. D. B. Sr. D. V.

Sur la priere qu'il m'a tant de fois faite de
paraphraser la prose des deffunctz *Dies iræ&c.*

SONNET.

Enfin ie metz au jour celuy-la que ie crains,
Dont vous me demandiez la peinture naïve,
Ne traitez pas ma muse en ce tableau d'oysive,
Si jay tant differé d'accomplir vos desseins.
Mille fois il ma fait cheoir le pinceau des mains,
Car son original dans mon ame craintive,
Fit vne impression si touchante & si vive,
Que je m'estimois voir les mal-heurs que ie peins.
Mais les affreux objetz qu'icy ie vous expose,
Ne sauroient pas sur vous faire la mesme chose,
Vostre esprit est trop fort pour se voir abatu,
Vous ne redoutez rien de ces maux que j'exprime,
Au contraire vostre ame en les voyant s'anime,
Puisque en ce jour on doit applaudir sa vertu.

Reçevez d'aussy bon visage,
Ce present qu'il vous est offert,
De vostre serviteur Hebert,
Tres-humble Curé de Village.

A

PARAPHRASE.
Sur la Prose des Deffunctz.

Dies iræ, dies illa,
  Soluet sæclum in fauilla,
Teste Dauid cum Sibylla.

Xecrables mondains, cœurs endurcis de crimes,
  Monstres bouffis d'orgueil spectres de vanité,
Aueugles qui portez par la brutalité,
Courez bride abatuë au centre des abysmes,
Idolatres du siecle arrestez vous vn peu,
Pensez a ce grand jour plein d'horreur & de feu,
Predit par le Prophete & la sage Sibylle,
Le voicy qu'il s'approche il talonne vos pas,
Mais o Dieu! mon langage est pour vous jnutile,
Tout va se consommer & vous n'y pensez pas.

   Quantus tremor est futurus,
    Quando Iudex est venturus,
    Cuncta stricté discussurus.

   Que vous serez saisis de frayeur & de honte
A lors que sans remise il vous faudra soudain,
Representer anx yeux du Iuge souuerain,
Auquel exactement chacun doit rendre comte,
De toute vostre vie on fera le recueil,
Les souspirs de vos cœurs les mouuemens de l'œil,
Vos pas, vos actions, vos discours, vos pensées,
Les ans, les mois, les jours, les heures les momens,
Toutes choses enfin seront si bien pesées,
Que rien n'eschappera de vos dereglemens.

Tuba mirum ſpargens ſonum,
Per ſepulchra regionum,
Coget omnes ante thronum.

En vain vous cachet' on ſoubz le marbre & le cuivre,
Où brille voſtre faſte en des chiffres ſi beaux,
Vos cadavres pourris ſortiront des tombeaux,
Et ſe verront encor vn autre fois reviure ;
La trompette effroyable & d'vn ſon eſclattant,
Ira de tous coſtéz ſommer en vn jnſtant,
Et Roturier & Noble & Vaſſal & Monarque,
Grandz, petitz, jeunes, vieux, jnnocens, criminelz,
Tous reçeuront aü Troſne en ce jour de remarque,
Où des contentemens, ou des maux éternelz.

Mors ſtupebit & natura,
Cum reſurget creatura,
Iudicanti reſponſura.

Ce phantoſme jnhumain la mort épouventable,
Dont le ſeul ſouvenir nous faiſt glacer le cœur,
Impuiſſante pour lors elle meſme ayant peur,
Laiſſera de ſes mains cheoir ſa faulx jmplacable ;
Reſveillé du ſommeil qui le mit au tombeau,
L'homme en ſa propre chair paroiſſant de nouveau,
Ce prodige eſtonnant ſurprendra la nature,
Le juge avec rigueur dez le premier ſignal,
Ainſy fera venir cette humble creature,
Pour reſpondre a ſes faiſtz devant le Tribunal.

Liber ſcriptus proferetur,
In quo totum continetur.
Vnde mundus judicetur.

Il ne faut pas icy que le pecheur preſume,

Aij

Que la longueur du temps ayt son crime effacé,
On luy presentera tout ce qui s'est passé,
Dans le cours de sa vie escrit en gros volume,
Et ce livre gravé d'un fidelle burin,
D'ou despend nostre bon ou mal'heureux destin,
se verra confronter aux yeux des creatures,
Les articles au long dressez exactement,
Y fourniront de quoy faire les procedures,
Pour rendre a tout le monde un juste jugement.

Iudex ergo cum sedebit,
Quicquid latet apparebit,
Nil inultum remanebit.

Ce Iuge donc estant en l'auguste seance,
Dans une gravité qui donne du respect,
D'un front plein de terreur dont l'effroyable aspect,
Fera fremir d'horreur cette grand e audience,
Ce que l'on aura creu secrettement cacher,
A son œil penetrant qui sçait tout rechercher,
sera plus évident que la lumiere mesme,
Il n'est rien qui ne soit si bien examiné,
Par les formalitez d'une rigueur extreme,
Qu'on ne voye a l'instant tout procez terminé.

Quid sum miser tunc dicturus,
Quem patronum rogaturus,
Cum vix justus sit securus.

Miserable pecheur a quoy puis je m'attendre,
Moy qui suis tellement chargé d'iniquité,
Devant le Tribunal de ce Iuge irrité,
Qu'oseray ie alleguer affin de me deffendre,
Voyant ma conscience en si mauvais estat,

Et mes crimes si noirs, il n'est point d'Advocat,
Dans ce barreau qui vueille entreprendre ma cause,
Si l'on doit condamner mesme l'oysiveté,
La pensée inutile enfin la moindre chose,
A peine verra t'on le juste en seureté.

Rex tremendæ majestatis,
Qui salvandos salva, gratis,
Salva me fons pietatis.

Monarque glorieux Majesté redoutable,
Dont le renom puissant est partout respandu,
Qui sauvez vos esleûs sans que rien leur soit deû,
par vne volonté libre autant qu'adorable,
Source de tant de biens avec avidité
A v stre jnespuisable & Royalle bonté,
Ie cours pour ressentir l'effect de vos promesses,
Faictes moy (s'il vous plaist) cette insigne faveur,
Que vos yeux plus benins animez de tendresses,
Dans ce lieu plein d'effroy soient des yeux de Sauveur,

Recordare Iesv pie,
Quod sum causa tuæ viæ,
Ne me perdas illa die.

Daignez vous souvenir (o IESVS de bonnaire)
De ce nom mervailleux qui vous fut jmposé,
Lors qu'au divin conclave il vous fut proposé,
De descendre icy bas du sein de vostre pere,
Puis vous representant que ie sûis le sujet,
Qui vous fist embrasser l'humble & rare projet,
De cacher vostre esclat soubz nostre chair humaine,
Ayez compassion de mon jnfirmité,
Et ne me perdez pas (o bonté souveraine,)

En ce jour d'ou deffend toute une Eternité.
    Quærens me sedisti lassus,
    Redemisti crucem passus,
    Tantus labor non sit cassus.
Souvenez vous aussy combien d'inquietudes,
De fatigues, de soins vous avez pris pour moy,
Combien à me chercher, ce charitable employ,
A vostre tendre corps donna de lassitudes,
Vous n'espargnastes point affin de me guerir,
Vostre sang precieux lors qu'on vous fit mourir,
Indignement cloüé sur un gibet infame,
Puisqu'en accomplissant vostre amoureux dessein,
Il vous a tant cousté pour rachepter mon ame,
Qu'un si fascheux travail ne se treuve pas vain,
    Iuste judex vltionis,
    Donum fac remissionis,
    Ante diem rationis.
Ie sçays que vous avez tout sujet de vous plaindre,
De l'abus que j'ay fait de vos cheres bontèz,
Qu'apres avoir commis tant de meschancetéz,
Ie ne puis vous parler sans trembler & sans craindre
Toutesfois juste Iuge au lieu de vous vanger,
De l'injure ou m'ont sçeu mes pechéz engager,
Contre une Majesté si terrible & si grande,
Enterinéz ma grace, oubliéz mon forfaict,
Devant que ce jour vienne, auquel il faut qu'on rende,
Vn comte general de ce qu'on aura faict.
    Ingemisco tam quam reus,
    Culpa rubet vultus meus,
    Supplicanti parce Deus.

Du profond

Du profond de mon ame, vn desplaisir extreme,
Faict naistre nuict & jour mille ressentimens,
Les souspirs, les sanglotz & les gemissemens,
Me rendent puissamment convaincu par moy mesme,
Ainsy tous ces regretz si cuisantz & si fortz,
Ne se pouvans celer esclatattent au dehors,
La rougeur de mon front en sert de tesmoignage.
C'est pourquoy j'ay besoin, Dieu tout sage & tout bon,
Que la misericorde au jour-d'huy vous engage,
A mon humilité d'accorder le pardon.

  Qui Mariam absoluisti,
  Et latronem exaudisti,
  Mihi quoque spem dedisti.

Puisqu'en lauant vos piedz l'illustre penitente,
Magdeleine trouua tous ses crimes passez,
Par l'innondation de ses pleurs effacéz,
Et deuint à l'instant de coulpable innocente,
Puisqu'a vostre costé piteyable Seigneur,
Vn larron au gibet rencontra son bon heur,
Se voyant exaucé dez la moindre priere,
Tout baigné de mes pleurs en vertu de ma Foy,
Et par ma penitence a cette heure derniere,
I'espere aussy bien qu'eux mesme grace pour moy.

  Preces meæ non sunt dignæ,
  Sed tu bonus fac benigne,
  Ne perenni cremer igne.

Ayant fait de mon cœur vn gouffre d'immondices,
Qui me rendoient l'objet de vostre aduersion,
Et bien loing desmouvoir vostre compassion,
M'exposoient aux rigueurs des feux & des supplices,

    B

Comment pourroit ce cœur tellement jnfecté,
Oser jndignement vous avoir presenté,
Des prieres, des vœux, ou la moindre Requeste,
Mais vous estes si bon que par de doux effectz,
Vostre benignité garantira ma teste,
De ce feu devorant qui ne s'esteint jamais.

      Inter oues locum præsta,
    Et ab hædis me sequestra,
    Sstatuens in parte dextra,

Pour mieux estre a couvert des coupz que ie merite,
Donnez moy quelque place au milieux des troupeaux,
De vos saintes Brebis de vos plus chers Agneaux,
De ces cœurs innocens, de ces ames d'elite,
La ie puis esperer vn bon-heur asseuré,
Estant heureusement des meschans separé,
De ces boucs jnfernaux si puantz & si sales,
Enfin lors que sera tout le monde amassé,
Dont vos Anges feront deux trouppes inesgales,
Qu'a vostre costé droict ie me trouue placé.

      Confutatis maledictis,
    Flammis actibus addictis,
    Voca me cum benedictis.

Apres que vous aurez d'vne pleine puissance,
D'vn decret absolu, d'vn ton de voix affreux,
Prononcé sans appel contre les mal heureux,
L'Arrest disinitif, la derniere Sentence,
Et que l'ame & le corpz de ces mauditz pervers,
Avecques les demons confinez aux enfers,
Seront suppliciez dans les flammes cruelles,
D'vn visage serein, d'vn œil affable & doux,

D'vne voix amoureuse au nombre des fidelles,
Que je fois appellé pour regner avec vous.

Oro fupplex & acclinis,
Cor contritum quafi cinis,
Gere curam mei finis.

Ie connois mon neant & quand je vous fupplie,
De m'accorder vn rang fi noble & relevé,
Qu'aux Eleuz de tout tempz vous avez referué,
Ce n'eft pas (o grand Dieu) qu'en ce point ie m'oublie,
Ie rampe contre terre ainfy qu'vn vermiffeau,
Et mon cœur femble faire a foy mefme vn Tombeau,
S'eftimant a vos piedz vne indigne pouffiere,
Comme ie fuis pourtant l'ouvrage de vos mains,
Ie vous prie ayez foing que dans ma fin derniere,
Ie ne devienne pas l'objet de vos defdains.

Lacrymofa dies illa,
Qua refurget ex fauilla,
Iudicandus homo reus.

Helas ! combien d'affautz, de troubles & d'alarmes,
M'efpouventent l'Efprit quand je viens à penfer,
A ce jour dont pas vn ne fe peut diſpenfer,
Ce jour qui produira tant de torrens de larmes,
Quoyque tout l'univers comme vn bufcher affreux,
Se doive confommer parmy l'horreur des feux,
Ou les corpz des morteiz feront reduitz en cendre,
Ces feux ne pourront pas leurs ordures purger,
L'homme coupable encor renaiftra pour entendre,
L'Arreft du Souverain qui le viendra juger.

Huic ergo parce Deus,
Pie Iesv Domine,

Dona eis requiem sempiternam.

L'homme ayant donc suby des flames si severes,
Ne le transferez pas dans celles de l'Enfer,
Qu'en ces ardeurs (Seigneur) se puissent estouffer,
Les funestes chaleurs de vos justes coleres ;
Debonnaire Iesus, que cette pieté,
Cét amour excessif qui vous avoit porté,
A payer sur la Croix la peine pour nos Ames,
S'employe encor vn coup par vn soing paternel,
Au lieu de les liurer aux eternelles flammes,
A leur donner enfin le repos eternel.

FIN.

CHANT ROYAL.

Sur l'Immaculée Conception de la Sainte Vierge.

Qui a remporté le prix a Roüen, Tholose, Caen &
Dieppe en mil six cens cinquante trois.

La Macreuse.

VOVS qui passez le meilleur de vostre âage,
A rechercher de rivage en rivage,
Ce qui s'y trouve & de rare & de beau,
Arrestez vous pour admirer l'ouvrage,
Que produiront les traits de mon pinceau;
 Mais (curieux) si ce que je figure,
N'a pour vostre œil qu'vne foible peinture,
L'Original est encor sur la Mer,
Poursuivez donc l'ardeur qui vous transporte,
Et vous verrez sur l'onde se former,
Le CORPS NAISSANT D'VNE SVBSTANCE MORTE.

 Vn bout de planche, vn reste de naufrage,
L'objet des vents le mespris de l'Orage,
Triste tesmoing du debris d'vn Vaißeau,
Que l'Onde fist le joüet de sa rage,
De son neant tire vn estre nouveau;
 Par vn effect qui surprend la nature,

(3)

Lors que ce bois se tourne en pourriture,
Et qu'on le croit tout prest de s'abysmer,
Il sort vn ver sous l'escume qu'il porte,
Qui nous fait voir comme peut s'animer,
Le CORPS NAISSANT D'VNE SVBSTANCE MORTE.

 Malgré les vents, & le flot qui l'outrage,
Ce ver grossit, & par vn advantage,
Change sa forme en secoüant sa peau,
Dont en volant soudain il se dégage,
Comme vn Phœnix qui naist de son tombeau.

 Dessus ces eaux qui luy faisoyent injure,
Il se pourmene, & prend sa nourriture,
Thetis pour luy se plaist a se calmer,
Les vents n'ont plus vne haleine si forte,
Et dans leur haine jls sont forcez d'aymer,
Le CORPS NAISSANT D'VNE SVBSTANCE MORTE.

 Est-ce vn poisson revestu de plumage,
Ou bien plustost est-ce vn Oyseau qui nage,
O Dieux il nage & vole dessus l'eau,
Et je ne sçay quel sera mon langage,
Pour le traitter de Poisson ou d'Oyseau,
La terre voit par l'affront qu'elle endure,
Que cette plaine ou regne la froidure,
Peut nous offrir de quoy plus nous charmer,
L'air dans son sein n'en voit point de la sorte,
Sommes nous pas obligez d'estimer,
Le CORPS NAISSANT D'VNE SVB TANCE MORTE.

 Pere du jour ennemy de l'Ombrage,
Qui fais esclorre au milieu du bocage,
Des petits corps sur vn fresle berceau,

Dirois tu bien comme il doit faire hommage,
Pour sa naissance a ton divin flambeau;
 A voir sortir d'vne matiere impure,
Vn si beau corps, la raison est obscure,
Et nul mortel n'en peut rien presumer,
C'est donc en vain que mon esprit s'emporte,
Et que je tâche a vouloir exprimer,
Le CORPS NAISSANT D'VNE SVBSTANCE MORTE.

ALLVSION.

Ah! mon Esprit dissipe son nuage,
Et reconnoist nostre commun dommage,
Par les mal'heurs despeins en ce tableau,
Lors qu'en l'abisme ou Sathan nous engage,
Tous nos Concepts sentent vn mesme fleau.
 Malgre la Loy si fascheuse & si dure,
VIERGE, le Ciel vous rendit toute pure,
Des ce moment qui nous sçeut opprimer,
Vous estes donc dans l'œuvre que j'apporte,
Ce que mes vers ont subject de nommer,
Le CORPS NAISSANT D'VNE SVBSTANCE MORTE.

Par Mr. Hebert Curé
de Nainville en Gastinois.

www.ingramcontent.com/pod-product-compliance
Lightning Source LLC
Chambersburg PA
CBHW061745180626
46818CB00006B/2758